Míša Kulička v Cirkuse
Illustration by Jiří Trnka
Text by Josef Menzel
Illustration © Jiří Trnka – heirs, 1940
Text © Josef Menzel – heirs c/o DILIA, 1940
Original Czech edition first published in 1940 by Melantrich Praha
New Czech edition published in 2007 by STUDIO trnka s.r.o. Praha.

絵：イジー・トゥルンカ
Jiří Trnka（1912〜69）
チェコのアニメーション監督・人形作家・絵本作家。第２次世界大戦後、国営アニメーションスタジオの所長となり人形アニメーションの制作を始める。1946年人形アニメ『動物たちと山賊』でカンヌ国際映画祭トリック映画最優秀賞受賞。1968年国際アンデルセン賞受賞。世界中で愛され、「クルテク（もぐらくん）」シリーズのズデネック・ミレルやNHK人形劇『三国志』の川本喜八郎らも師事した。

文：ヨゼフ・メンツェル
Josef Menzel（1901〜75）
チェコの絵本作家・ジャーナリスト。

訳：平野清美（ひらの きよみ）
1967年、神奈川県生まれ。翻訳家。早稲田大学卒業後、読売新聞社を経て、チェコ政府奨学生としてプラハ・カレル大学に留学、同大卒業。訳書にミレル『あおねこちゃん』（平凡社）、プレスブルゲル『プラハ日記』（共訳、平凡社）、シュクヴォレツキー『二つの伝説』（共訳、松籟社）、フロマートカ『神学入門』（共訳、新教出版社）など。

こぐまのミーシャ、サーカスへ行く

発行日　2013年6月10日　初版第1刷

絵　　　イジー・トゥルンカ
文　　　ヨゼフ・メンツェル
訳　　　平野清美
発行者　石川順一
発行所　株式会社平凡社
　　　　〒101-0051　東京都千代田区神田神保町3-29
　　　　電話　03-3230-6579（編集）
　　　　　　　03-3230-6572（営業）
　　　　振替　00180-0-29639
　　　　平凡社ホームページ http://www.heibonsha.co.jp/

装丁・レイアウト　中島山陽子（平凡社）
印刷　株式会社東京印書館
製本　大口製本印刷株式会社

ISBN978-4-582-83608-0　NDC分類番号989.5
B4変型判（25.6×23.6cm）総ページ40
落丁・乱丁本はお取り替えいたしますので、小社読者サービス係まで直接お送りください（送料小社負担）。

こぐまのミーシャ、
サーカスへ行く

こぐまのミーシャ、サーカスへ行く

絵 イジー・トゥルンカ
文 ヨゼフ・メンツェル　訳 平野清美

平凡社

たんけん

　森のはずれの砂取り場に、サーカスのトレーラーがとまっています。どうみても貧しいサーカスの車で、そのちっぽけなことと言ったら、中で大の字になっただけで足が外に飛び出してしまいそうです。外の緑色のペンキも色あせ、はげ落ちています。

　四月の晴れた昼さがり、あたりはしんとして、音といったら蚊やハエのぶんぶんという羽の音くらいです。そこへトレーラーの中から、何やら息づかいのような音と、犬かネコが戸をひっかいているような音が聞こえてきました。でも、犬でもネコでもありません。そっと階段を上って窓から中をのぞいてみてごらんなさい。赤毛のおじさんがガリガリ音を立てて、書きものをしているのが見えるでしょう。おじさんはひっくり返したなべにすわり、ひざに太鼓をのせ、その上に大きな包み紙を広げて小枝のペンを動かしています。よほどなれない苦手なことらしく、顔をまっかにして、紙がやぶれるほどぎゅうぎゅうペンをおしつけています。赤毛の先からは汗がしたたり落ち、紙の上で文字やとびちったインクとなかよくくっついています。

　ふいに静けさをやぶって子どもの泣き声のような声があがり、おじさんのうしろの窓から、黒い鼻づらにきらきらと明るい黒い目をした、茶色の顔がむくっとのぞきました。おや、こぐまです。こぐまはおじさんを見てもびっくりせず、むしろよびかけるかのように、またもや声をあげました。

もしみなさんに動物のことばがわかるとしたら、ほんとうにこうよんでいるのが聞こえるでしょう。
「バシルおじちゃん！」
　おじさんは答えません。作業に夢中で、何も耳に入らないようです。こぐまがまたしてもよびかけました。三度目の正直です。「バシルおじちゃん！」
　おじさんの肩(かた)がぴくりとしました。ふしぎなことに、こぐまの言っていることがわかるようです。楽しいこと苦しいことを分け合ってきた昔からの友だちなら、顔を見ただけでわかりあえるようにね。けれどもおじさんは、顔すらあげず、めんどうくさそうにこう答えただけでした。
「今度はなんだ？」
　こぐまも人のことばがわかるようで、せがむように言いました。「おじちゃん、あのね、ちょっとだけ村を見てきていい？」
「母ちゃんに聞きな！」バシルおじさんはいらだって答えました。「なんでもかんでもわしに聞くな。見ろ、わしはな、いそがしいんだ！」
　母さんとは、バルボラという年のいった気立てのいいお母さんぐまのことです。こぐまはころころミーシャといいました。バシルおじさんは、親子ぐまの飼い主で、トレーラーの持ち主であり、このちっぽけなサーカス団の団長でもありました。
　ミーシャは窓から首をひっこめて階段から飛びおりると、ほおをふくらませました。「ふん。母ちゃんに聞けだって！　だめって言うにきまってるじゃない。目の届かないところに行ったらだめだと言われてるのに。だいたいお昼寝(ひるね)してるのにどうやって聞けるんだよう！　起こしたりしたら、ひっぱたかれちゃうよ。ああ、でも村に行きたいな。きっとパンにありつけるぞ。もしかしたらバターとかはちみつもあるかも。ネコにあげたミルクだって残ってるかも。復活祭だもん、ケーキだってあるかもしれないぞ！」

　ミーシャはしばし首をひねって、それからはたとひざを打ちました。「待てよ、母ちゃんに聞けとは言ったけど、言うとおりにしろとは言ってなかったな。それなら、聞くだけでいいってことだね」
　そっとトレーラーの裏手にまわってみました。ひなたでバルボラ母さんが寝ています。ミーシャは起こさないようにあとずさりして、そっとささやきかけました。「母ちゃん、ちょっとだけ村を見てきていい？」

　もちろんこんな聞き方で返事が返ってくるわけがなく、母さんはあくびをして手でハエを追いはらうと、寝返りを打って眠り続けました。

　手ではらったのを、おゆるしが出た、といいように思いこんだミーシャは、ふっきれた顔をして、森の端のほうへかけだしました。実はさっきまで、そこから村をながめていたのです。

「どうせ母ちゃんが起きる前に、らくにもどってこられるさ!」

　目の前の谷に広がる村も、まるでお昼寝しているかのようです。黒や赤や茶色の屋根の白い家が、畑やくだものの木の緑の中でひなたぼっこをしています。

　ミーシャは、村に続く小道を小川づたいにおりていきました。スキップしたり、あと足でまわってみたり、「おお牧場はみどり」を口ずさんだり、たいそうごきげんです。

「おや、なんだろ?」川岸の柳の下の草むらがぴかりと光りました。近づいてみると、それは柄が開いたままの折りたたみナイフでした。「村の男の子たちの落とし物だな。きっとこれで枝を切って、復活祭のムチを作ったんだ。おいで、小さくてきれいなぴかぴかくん!」

　そしてナイフを口にくわえると、柳によじのぼり、すらりとのびた枝を一本切り取りました。それから柳の丸いてっぺんにこしかけ、切り取った枝をもう少し短くし、柄でたたいて皮をほぐしました。リズムよく歌いながら……。

　　ペンペンたたくよ　笛になあれ
　　ならなかったら
　　言いつけちゃうぞ

　　ペンペンされるぞ　ぼくの母ちゃんに
　　緑のお山にまで
　　とばされちゃうぞ

歌の文句はでたらめでしたが、そんなことはかまいやしません。

緑のお山とは、ミーシャが生まれたふるさとのことです。そこの森で親子ぐまは農夫のバシルおじさんと出会い、いっしょにひとかせぎしようと、旅に出たのでした。

柳で笛を作ったミーシャは足どりも軽く、「気のいいあひる」「ぶんぶんぶん」、それに「手をたたきましょう」までぴーひゃららとふきました。

けれども村につくと、つと胸に言い聞かせました。「もう笛はおしまいにしよう。ポチだかシロだか、どこのおっかない犬にまた毛をくいちぎられるかわからないもの。……それにしてもきれいなとこだな。静かだし！お休みだからかな。はて、どこに行こう。……あの白くぬったお家のところにあるのはなんだろ。そうか、復活祭だから、壁をぬりかえたんだな。それでペンキと刷毛があるんだ。待てよ、いいこと思いついた！　きっとおじちゃんたち喜ぶぞ！」

ミーシャは刷毛をつかむと、赤いペンキをたっぷりつけて、壁にサーカスのお知らせをでかでかと書きました。

あした だいサカス！！！

そして数歩さがって、まんざらでもない顔でできばえをながめると、胸を張りました。「どんなもんだい！」

ところがその瞬間、びくっとして刷毛をとり落とし、うしろに飛びのきました。大きなブチ犬がうなり声をあげて、庭からかけだしてきたのです。

さいわい飛びのいた拍子(ひょうし)に刷毛をけとばしてしまい、犬はそっちのほうに飛びかかって、二回ももんどり打って、目をまわしてしまいました。そのすきにミーシャはまんまとやさしい森のふところに逃げこむことができました。
　さて、ぬきあしさしあしでミーシャはおじさんのトレーラーに近づくと、ふうっと胸をなでおろしました。
「しめしめ、母ちゃんはまだお昼寝してるし、おじちゃんたら、まだ書いてら。それにひきかえ、ぼくっておりこうさん。ふふ、あしたのサーカスはいっぱいお客さんがくるぞ！」
　ミーシャはこのたんけんに気をよくして、母さんのとなりにごろんと横になりました。

スペインの牛

　その日、ミーシャは暗くなるまでトレーラーのまわりをコマネズミのように動き回り、バルボラ母さんとバシルおじさんがあっけにとられるほどこまごまと世話をやき、道具をそろえ、あれこれ指図(さしず)しました。こうしてささやかながらもしっかり村をねり歩く準備ができました。
　「ぼくが先頭を歩くから、母ちゃん、おじちゃんの順についてきてね。母ちゃん、忘れちゃだめだよ、ずっとあと足だけで立っててね！　母ちゃん、ラッパは持った？　ほら、のりも忘れないで」そう言って、のりの入った両手つきカップをひもで結んで母さんに押(お)しつけました。「はい、おじちゃん、これシンバルだからね。一枚は前に抱(かか)えてもう一枚は背中にしょってね。ほら、見て。こんなにぴかぴかにみがいてあげたんだから。母ちゃんのラッパもみがいておいたからね。ポスターは持ったね？」
　もちろん忘れるわけがありません。おじさんは丸めたポスターを宝物のようにひしとだきしめていました。そうです！　それは、うんうんうなりながら書いていたあの包み紙でした。
　「じゃ、ぼくは太鼓(たいこ)とバチと、刷毛(はけ)を持っていくからね」

ミーシャが太鼓を首から下げると、白いお腹がすっぽりかくれてしまいました。さらに刷毛は背たけの三倍もある竿につけてあります。肩にかつぐといちいち木の枝にひっかかり、調子に乗ってひっくり返らないのが、ふしぎなくらいでした。さて、ミーシャは太鼓をたたくと、歌い出しました。

　　ドンドコドン
　　ドンドコドン
　　さあ、さあ、みなさん
　　出ておいで！

　　とっておきの芸を
　　ごらんあれ
　　さあ、さあ、みなさん
　　お見のがしなく！

　とたんに村の子どもたち、それに大人までもが集まってきました。けれども一行はよそみをせず、きぜんと前を向いて村の広場をめざしました。ミーシャはふたたび太鼓をたたいて歌の続きを歌いました。

　　お代はたったの１コイン
　　お子さまなら半額だ
　　さあ、さあ、みなさん
　　サーカスへ

　　ぼくらを見たら
　　おどろき桃の木さんしょの木
　　さあ、さあ、みなさん
　　お楽しみに！

　村のお知らせ板が見えてきました。ミーシャは母さんとおじさんにこっちこっちと声をかけて、お知らせ板に向き直りました。おじさんが刷毛を取ろうとすると、「だめだめ、ぼくにまかせて」と自分でのりをたっぷりつけ、たくさんのお知らせがはってある上にポスターをぺたりとはりつけました。そしてぽかんと口をあけて見上げている村人に向かってポスターを読み上げました。

さいこおのサーカス！
せかいてきにゆうめえな、もおじゅうづかいバシルと、
かしこいクマと、どおぶつたちのショウ
サーカスだんちょう、ベテランくまつかいバシル

　それから「さん、はい！」と声をかけて太鼓をたたくと、バルボラ母さんがラッパを、バシルおじさんがシンバルをやかましく鳴らしました。負けるもんかとミーシャは大声を張り上げましたが、おしまいまで聞き取れたのは、いちばん前にいる人だけでした。

　　……ジャグラーに　槍つき士(ピカドール)に
　　馬上の闘牛士(トレアドール)に　とどめの闘牛士(マタドール)
　　さあ、さあ、みなさん
　　お見のがしなく！

　そして日曜日の昼さがり、村の向こうの野原から、トントンカンカンという音がひびいてきました。復活祭のごちそうのあとにまどろんでいた村人たちは、あんちくしょうめ！　と舌を打ちました。バルボラ母さんとバシ

ルおじさんがトレーラーのそばにまるく柵を立てて、会場を作っていたのです。ミーシャはトレーラーのうしろで鼻歌を歌いながら何か手を動かしています。さあ、サーカス会場ができました。ところがどうもおじさんと母さんの表情はさえません。

「どうしてそんなしかめっつらしてるのさ」トレーラーの裏から出てきたミーシャがたずねました。「もしかしてドキドキしてるの？」

　おじさんはぶつぶつとこぼし、母さんはあきれたように言いました。「ドキドキなんかしないよ。心配なのさ」
「心配？　やだな、母ちゃん、何が心配なの」
「そりゃあ、くさったじゃがいもとか玉子がまた飛んでくるんじゃないかってことさ。どこに行ったってすぐにそれでにげ出してきただろう？　それもこれもおまえがぐうたらでなまけ者で、ろくに出しものを覚えないからだよ」

　ミーシャはぐうの音も出ず、お皿を拾い上げると、見物料を集めにいきました。あちこちでチリンとお金が皿にあたる音がしました。

　さて、バシルおじさんが胸を張って階段の上に立ち、そばにいた見物客が首をすくめるほど大きな声であいさつしました。

「さてみなさま、私どものおどろき桃の木のショーのいちばん手として登場しますのは、ベンガルぐまのこどもでございます。このこぐま、小さいながらも世界中でヘラクレスとよばれているたいへんな力持ちです。さあ、今からこのヘラクレスがみなさんと綱引きをして、そのおそるべき力をとくとごらんにいれますよ。どうぞ、力じまんのみなさま、17人でも何人でも挑戦してみてください」

　そのあいだにバルボラ母さんがトレーラーから持ってきた綱を広げてまん中に赤いリボンを結び、その下の地面に線を引きました。ミーシャは綱の一方で、しこをふんで挑戦者を待ち受けました。挑戦者側も、少年たち、それから大人の男たちが少しずつ名のりをあげ、ついには大集団になりました。

　バシルおじさんの合図でみながいっせいに足をつっぱって綱を引き、綱がきしむような音をたてました。けれどもミーシャは「はん、弱いねぇ。ぼく、片手でじゅうぶんだ」と笑うと、

　はたしてほんとうに片手をはなして余裕たっぷりに腰に持っていきました。それでもリボンは少しも動かず、大の男がこれだけ束になりながら、ミーシャにかなわないのです。
　そのときです。バタンッと大きな音がしたかと思うと綱がゆるみ、挑戦者たちは団子になってうしろに尻もちをつきました。そしてショックから立ち直ると、目に入ってきたのは、たおれた柵の板にうもれているミーシャと、綱の端をむすんだ杭でした。なんとミーシャのほうは、ミーシャではなく柵が支えていたのです。それがさすがにたえきれなくなったのでした。
　あわててバシルおじさんは次のプログラムを読み上げました。「みなさんの目の前から、あらふしぎ、こぐまが消えていなくなります。ちょいと布でかくしますよ」ところがまたしても失敗。おじさんが布を広げて「ちちんぷいぷい！」ととなえても、ミーシャは毛をさか立ててその場にうずくまったままだったのです。壁の穴からうしろにどろんと雲がくれするはずだったのに、番犬がうなり声をあげてとおせんぼしていたのでした。

見物客がどっと笑い、はげしくヤジが飛び、急いでおじさんはとっておきの出しもの、本場スペインの闘牛を読み上げて、さわぎをしずめました。
　バシルおじさんはトレーラーにもどると、片手に赤い布をひっかけ、もう一方の手にブリキの剣をにぎりしめて出てきました。そしてそのうしろから、さてはスペインの牛でしょうか、おそろしげな獣が飛び出してきました。ところが角は何やらヤギみたいで、角のあいだには黒くそめた麻クズがけば立ち、その下には、強そうな目を描いたとんがり帽子の形のお面がぶらさがっています。おまけにてんで見当ちがいなシマのマントをかぶって、その下からは四つのドタぐつがのぞいています。
　おじさんは、このへんてこな牛に赤い布をひらひらさせて、剣でつつきはじめました。ところがすぐにうっかりお面に剣をひっかけてしまい、下からおびえた母さんの顔があらわになりました。

　もうだめだ、ミーシャはとっさに声をかけました。「にげて！」そして自分もすたこらさっさとにげ出しました。
　かんかんになった客たちは、次々に柵を飛びこえ、あわれな曲芸師たちにおそいかかりました。ミーシャたちはトレーラーも世界的なサーカスの道具もほったらかしにして、飛んでくるこぶしやこん棒からほうほうの体でにげまわりました。それでも母さんが心配したとおり、ミーシャの背中には、くさったじゃがいもがあたり、母さんの頭にはバケツがあたってたんこぶができ、おじさんの額には赤いブリキのカップがごちんとあたって、大きなあざができました。

おにさんこちら

　最初に村から飛び出したのはミーシャでした。そもそもいちばんすばしこいうえに、わんわんほえて追いかけてくる犬もおっかなくてたまりません。バルボラ母さんとバシルおじさんは、見失わないように、ひいひい息を切らしてあとを追いました。ミーシャは村人からにげ切っても、まだあわをくってかけていきます。母さんとおじさんは、もうだれも追いかけてこないのに、おいてけぼりをくわないよう、走り続けなければなりませんでした。

　道また道をそうして走りぬけていくと、ようやく遠くに建物と光が見えてきました。どうやら町のようです。苦手なのは犬だけで、人はへっちゃらなミーシャは、光をめざしてさらにもうひと走りしました。どうか犬だけはいませんように、といのりながら。

　ようやくたどりついたときには、すっかりあたりは暗くなっていました。走りながら見わたすと、囲い、小屋、テントらしきものがぼんやりと見えますが、明かりがないので、何なのかよくわかりません。

　囲いのまわりを小走りに進んでいくと、どうにか中に入れそうなところが見つかりました。そのまま布張りの板や鉄格子（てつごうし）が組まれた中をふらふらと進んでいくと、とつぜん目の前がまっ暗になり、何歩か進むと今度は射るような光が差しこんできて、目がくらんで何も見えなくなりました。

　やっと少しずつ目を開けると、目の前には見たことのない動物の顔がありました。まるでネコのお化けのよう

な大きな顔で、首のまわりにたてがみが波打っています。そうです、ライオンです。けれどもミーシャは今まで一度もライオンを見たことがなかったのです。

そこにはその変わった獣がまだ三頭いて、さらにネコみたいにシマの体にヒゲをたくわえ、たてがみの動物をさらに一まわり大きくした獣が二頭いました。そうです、もちろんそれはトラでした。

獣たちのまわりは高い檻でぐるりと囲まれ、檻の向こうには、目を見張るほどおおぜいの人が座っていました。人間たちはまるで学校のように前から順々にこしかけ、席はうしろに行くほどどんどん高くなって、天井近くの暗くて見えないあたりまで続いていました。

ミーシャがわれに返る前に、母さんとおじさんも追いつき、やはりこの光景に立ちつくしました。「ベンガルこぐまのヘラクレス」だけでなく、「かしこいくま」の母さんも、「世界中で有名なもうじゅう使い」のおじさんも、本物のサーカスなど見たことがなく、一体自分がどこにまぎれこんだのか、さっぱり見当もつかなかったのです。

おじさんも母さんもまだあの「闘牛」の衣装の切れはしを引きずっていたので、観客は、プログラムの合間のピエロたちが登場したのだと思いました。けれどもライオンとトラはめんくらって、いちばん大きなライオンがふり返ってバルボラ母さんにたずねました。

「あなたたち、何ができるの？　わっかくぐりはできる？」

母さんはぶるんと頭をふるしかありません。

「火は飛びこえられる？　スクエアダンスは？　ピラミッドは？」母さんはぶるんぶるんと頭をふりました。「では何ができるの？　一体うちのサーカスで何をやりたいのですか」

母さんもおじさんもミーシャも目をパチクリとさせました。「こ、ここサーカスなの？」

ライオンは耳のうしろをぽりぽりとかいて言いました。「これは困ったね。何もできないとなるとね。サーカスでおにごっこをしたってしようがないでしょう」

それを聞いたミーシャは飛びあがって喜びました。「ぼく、目かくしおにならできるよ。さあ、おにを決めようよ」そしてさっそくおにを決める歌を歌い出しました。「どれにしようかな」　気のいいライオンはこのわらべ歌の続きを歌ってくれました。「天の神様の言うとおり」すると

もう一頭のライオンが続けました。「かっかのかっかの柿の種」トラも続けました。「ねんねのねんねのねずみとり」もう一頭のトラも続けました。「りんごのりんごのりんごとり」とうとうバシルおじさんも腹をくくって調子を合わせました。「山のおくのあぶら虫」

ところがミーシャは、はやる気持ちをおさえられず、むりやり歌をおわらせておにを決めてしまいました。「てっぽう、うってバンバンバン！」

おになったのは年よりのライオンでした。ミーシャはバシルおじさんからスカーフをむしりとると、ライオンが手向かう前に、スカーフで目かくしをしてしまい、たてがみをつかんでステージの上を連れまわしました。年よりのライオンはとまどって聞きました。「どこへ連れていくのかね？」「あっち」

ライオンにはまだわけがわかりません。「あっちに何かあるのかね」「毛糸の玉」

ようやくライオンはこれが目かくしおにの歌の続きだとわかり、おとなしくミーシャに合わせました。「毛糸の玉の中には何があるのかな」「毛糸。さあ、はじめるよ。おにさん、こちら、手の鳴るほうへ」

ライオンはミーシャのほうにひょいと足をのばしましたが、ミーシャは笑って飛びのいて言いました。「こっちだよ」ライオンはミーシャを追いかけはじめました。観客も面白がって口ぐちに声をかけはじめました。「うしろだ、うしろ！」ところがライオンがうしろを向くと、もうそこにはいないのです。ほかのライオンやトラもおにごっこを楽しみはじめたようでした。バルボラ母さんだけが困ったような顔をして檻の中をかけまわり、バシルおじさんはこのさわぎの中で、でくのぼうのようにつっ立っていました。

そのときです。ライオンがおじさんにぶつかって目かくしをはずし、おじさんがおにになりました。おじさんはしばらくステージをよたよたと動きまわったあと、トラにぶつかってよろけました。今度はトラがおにです。今度のおにはちょっとばかり元気がよく、ミーシャが口笛を鳴らすと、ミーシャだけを追いはじめました。大きな体が迫ってきて肝を冷やしたミーシャは、檻のてっぺんまでよじのぼりました。しかし、気を取り直すとまたすぐに、「こっち！　こっち！」とよんでトラをあおりました。

トラがあと足立ちになって、もう少しで届きそうになると、今度は檻のてっぺんのあたりを飛びまわり、また

トラをからかいました。「こっち！　こっち！」

　観客や動物たちもいっしょになって笑うので、とうとうトラは本気でおこり出し、ミーシャの声がするたびに、くるっとそっちを向いて飛びかかっていきました。ところがミーシャはそんなトラをあざわらうかのように、ひらりひらりとにげまわるのです。

　そのとき、大きくジャンプしたトラの体が檻にぶつかり、一部が折れてミーシャは檻ごと楽団席にたおれこんでしまいました。太鼓に頭からつっこんだミーシャは、何も見えなくなりました。しかしあたりは悲鳴があがり、大さわぎです。こわれた檻から獣がおそいかかってくるのをおそれて観客がにげ出したのです。

　けれども当の獣たちはおとなしく座ったまま、面白そうにこのさわぎをながめていました。おじさんと母さんはあぜんとするだけで、何がどうなったのかさっぱりわかりません。

　波が引いたように、客席から人がいなくなりました。するとどこか客席の下から、サーカスのこぶたを乗せるリヤカーを引いて、カモが出てきました。よちよちと裏庭に出る出口のほうへ向かっていくのを見て、ミーシャはリヤカーに飛び乗ると、胸を張って新しいサーカスの仲間たちの元へ、去っていきました。

美しきまぼろし

　翌朝ミーシャがめざめると、どうもいつものバシルおじさんのトレーラーと様子がちがいます。広々として、一面にわらがしいてあり、いろいろな動物がねています。戸のすきまから入ってくる光の先に、昨夜リヤカーに乗せてくれたカモが見え、やっとミーシャは本物のサーカスにいることを思い出しました。

　どこか外から長く尾を引く鳴き声がします。でも泣いているのか、歌っているのか、はっきりしません。

　気になって外に出てみると、声はすぐとなりのトレーラーから聞こえていました。そのトレーラーは片面が鉄格子になっていて、中には、昨日出会った大きなトラにそっくりだけれど、まっ黒な動物がいました。グラとよばれている黒ヒョウでした。

　黒ヒョウは鉄格子のそばを行きつもどりつし、ときおり鉄格子に前足で飛びついては、うわごとのように同じことばをくり返しています。

「グラーック、グラーック」

　しだいにミーシャは黒ヒョウがどうして哀しそうな声をあげているのか、わかるような気がしてきました。スマトラ島という遠いふるさとが恋しくてたまらないのです。「ああ、グラの森はどこ、ぎらぎらしたお日さまはどこ、グラのひんやりした泉はどこ、グラの色とりどりの鳥はどこ、グラの大きなちょうちょはどこ。人間は悪い、悪い、ああ、なんて悪いんだ。いいのは黒ヒョウだけだ。グラのジャングルの大きな川の遊び場はどこ！

グラのヤシの木のおいしい朝ごはんはどこ！　昼間はヘビにぶるぶる、夜はお月さまにぶるぶる、なんてすてきだっただろ、グラ、丸太で川下りした。なんてゆかいだっただろ。でも滝に落っこちた。なんてこわかっただろ！　パパにお尻ペンペンされちゃった。なんてなつかしいんだろ、哀しいんだろ！」

　グラのパパにひっぱたかれたりしたら、さぞや痛いことでしょう。きっと力持ちでしょうから。それでもグラはなつかしんでいるので、ミーシャはふしぎな気がしました。

　ふとグラがかわいそうになってきて、ミーシャは檻の中に入って「いいこ、いいこ」をしてあげようと思いましたが、グラはミーシャになど目もくれません。そこであきらめて外に出ると、めずらしい動物や変わった人間が目に飛びこんできて、じきにグラのことは頭から消えてしまいました。

　さて、カラフルな格好の人間や動物たちがぞろぞろとテントの中に消えていきます。ミーシャもあとについていってみました。客席にはまだだれもいませんが、舞台の上はずいぶんにぎやかです。今はアラビアの軽業師たちがむずかしいピラミッドをけいこ中です。教えているのは、しらが頭の小さなアラビア人のおじいさんですが、もうひとつ、べつのかけ声が上から降ってきます。少々ぶっきらぼうなしゃがれ声で、がみがみあたりちらしたかと思うと、ぷりぷりおこり、かと思うと、ぶつぶつ小言を言っています。声をたどって上を向くと、横木や綱が張られた天井の丸木の上に、灰色がかってつやも失ったオウムがとまっているのが見えました。よほどのおじいさんらしく、ラッパを口ではなく耳にあてています。

　ミーシャはひとっとびでそばへ行くと、ていねいにあいさつしました。「おはよう！　いい朝ですね」ところがオウムは答えません。そこで目の前まで行ってもう一度あいさつしました。するとオウムはラッパを耳にあて、まゆを八の字にして言いました。「なんじゃ？」

「そうか。おじいさんだからよく聞こえないんだな」ミーシャはうなずいて大声を張り上げました。「いい朝ですね！」

　オウムはいよいよまゆをひそめました。「はぁ？　いい技じゃと？　わかった風な口を、このこわっぱめ！　あのへっぴりごしを見ろ！」

　ミーシャはもうそれ以上言わずに、舞台をふり返りました。今度はチンパンジーが乗り物で現れ、ところどころで帽子をとると、だれもいない客席に向かっておじぎをはじめました。「ほほう、行儀がわかっとるやつもいるんじゃな。あやつは少なくとも年よりにちゃんとあいさつができるようじゃ」

　そうかな、とミーシャは思いましたが、ちゃんとお行儀よくたずねました。「オウムさんは、もういいおじいさんでしょう？」

　オウムはまたもやよく聞こえないようで、ラッパを耳につっこんだだけでした。ミーシャは声を張り上げました。「オウムさんは、もういいおじいさんでしょう？」

　するとオウムはあきれたように言いました。「このおたんこなす！　もういいお時間じゃと。さっき夜が明けたばかりじゃないか！」

　そこでミーシャはラッパの口に向けて大声でさけびました。「オウムさんは、さぞ年取ってるんでしょうね、と言ったんですよ！」

　とたんにオウムの顔がくしゃくしゃにほころびました。なんせ年を取っていることが自慢で、その話をされるほどうれしいことはなかったのです。「まあな。もう77じゃからの。なんならマエストロのオウム先生、とよぶがよい。わしがいいぞ、と言った者はそうよんどる」

　ミーシャはちょっぴりがっかりしました。そのくらいのおじいさんなら、人間にはざらにいます。ゾウやカメはもっと長生きするというではありませんか。念のため、もう一度ラッパに口をあてて聞いてみました。「77歳なんですね？」するとオウムは目をむいていきり立ちました。「このこんこんちき！　77歳じゃと？　77なんて、まだヒゲも生えそろっとらんひよっこじゃないか！　77個目のサーカスってことじゃ！」

　ミーシャがけげんそうに見上げると、オウム先生はかんでふくめるように教えてくれました。「ここはな、わしが教える77番目のサーカスなんじゃ。わしはもうこれまで76個のサーカスを教えてきた。ここもさいごまで教えるじゃろう、次の78個目も……79個目も……」

　けれどもミーシャはもうオウムの話を聞いていませんでした。舞台の方にすっかり目をうばわれていたのです。

舞台には美しいまだらの馬に乗って女の子が登場していました。なんてきれいなんだろう、とミーシャは胸をときめかせ、まるでまぼろしでも見ているような目で彼女をながめました。
　オウムはようやくサーカスの数を数えおわると、ぶぜんとした表情で、だれもいない楽団席に向かってさけびました。「ほれ、音楽はもっとゆっくりせんかい！」
　ミーシャはオウムのことは放っておいて、女の子に近づきました。金色のまき毛、濃い青色の目、きゃしゃなむきだしのうで、ふわふわと波打つ銀色のドレス、ほのおのように赤いくつ、何から何までおとぎ話からぬけ出たような美しさです。女の子は馬の上で体を起こすと、馬をとめずに飛びおり、すぐにまた羽があるかのようにふわりと飛び乗って、鞍もつけていない馬の背に立ち上がりました。馬は女の子のことが大好きなのでしょう。命令したりたたいたりしなくても、ひとなでするだけで言うことを聞き、女の子の目の動きひとつで、おどったり、ステップしたり、ターンしたり、屈んだり、頭を地べたにつけたりしました。
　女の子がテントから出ていくのを見て、ミーシャはあとを追いかけました。女の子は馬をあずけると、トレーラーに引きあげていきました。団長のとなりで、金のもようが美しい夕やけ色の車でした。ドアには飾り札がかかっていて、騎手マヌエラと書いてありました。
　ミーシャは女の子が消えた戸をぼうっと見つめていましたが、じきにお昼になるのに気づいてあわてました。お昼ごはんをごちそうになる代わりに、みんなのくつをみがいてあげる、とピエロに約束していたのです。ピエロのトレーラーのわきには、すでにくつがずらりと並び、ミーシャを待ちうけていました。団長の黒いぴかぴか

のブーツ、もうじゅう使いのインディアンモカシン、ピエロのドタぐつ、剣を飲みこむインド人のひもぐつ、アラビアの軽業師のシューズ、そしてひとくみのブーツ。とたんにミーシャの胸がとくんと高鳴りました。すべすべの赤いブーツ、やわらかく小さくて、シンデレラかはたまたマヌエラひめのきゃしゃな足にしか入らないブーツ。
　ミーシャは、このブーツを最後にとっておき、ほかのくつみがきをさっさと終えてから、長々といじくりまわしました。やわらかい革がダメにならないか、と思うほどきれいにみがきあげ、そして左手を足先まで入れて胸におしあてると、右手にいちばんやわらかいブラシを持ち、まるでバイオリンをかなでるように、いとおしげにブーツをなでつけました。そっと口ずさみながら。

　銀色のドレス、赤いくつ
　なんてきれいなおひめさま！
　夕やけ雲、かわいい人気者
　金色の髪のおひめさま

　ふとうしろでぴちゃぴちゃという音がして、ミーシャはびくっとしました。うしろを向くと、サルのフレディがくつずみを箱の底までなめていました。ふだんだったら何発かおみまいしてやるところでしたが、今日はため息をついただけで、ブーツに視線をもどすとブラシで、そしてまなざしでなで続けました。

真夜中のさわぎ

　二日目の夜、ミーシャはもうトレーラーの中で眠る気がせず、団長のとなりの夕やけ色のトレーラーの下でねることにしました。そのために昼間のうちにゾウさんから干し草をわけてもらい、寝床もこしらえてありました。さっそくミーシャは干し草にもぐりこみました。ところがテントからオウムのしゃがれ声が聞こえてきて、なかなか寝つけません。気の毒なオウム先生は、年のせいでほとんどねられず、一晩中ため息をついてはひとりごとをつぶやいていたのです。おまけに耳が遠くて自分の声が聞こえないものだから、サーカスじゅうにひびきわたる声をあげていたのでした。

　マヌエラひめのブーツの甘い思い出にひたり、ようやくミーシャは眠りに落ちました。ところがとたんに、どんと体をけとばされました。寝入りばなをくじかれてミーシャはふきげんな声をあげました。

「だあれ？　そこでふらふらしているのはだれ？　フレディかい？　……やっぱりおサルさんか。よっぱらってるみたいだね。何ふりまわしてるんだい」

　たしかに、ずいぶんフレディはよろよろしています。それに何か言いたいようですが、さっぱりろれつがまわりません。

「パ、パ、パイプだよ。ふ、ふ、船乗りのよ。イ、インディアンに勝って、も、もらったんだ。や、やつら、トランプはへたっぴいだけどよ、ち、ちきしょ、コ、コニャックはいけるぜ」そう言って、困ったことに、ミーシャの横に座りこみました。「け、け、けどよ、あいつら、あんぽんたんでよ」フレディはぶつぶつ言いながら、パイプに干し草をつめ、マッチをすると、そのままマッチを放り捨てました。「団長もあんぽんたん」二本目のマッチはすぐに折れてしまいました。「オウムせんせもあんぽんたん。ピエロのウィリもあんぽんたん」三本目

は先っぽが取れてしまいました。「ミーシャもあんぽんたん」フレディは四本目をすると、そのままパイプの中につっこみました。やっと火がつきましたが、フレディは少しふかしただけでパイプもマッチも放り投げ、そのまま干し草の中にもぐりこみ、ねてしまいました。

　ミーシャはふたたびうとうとしかけましたが、つんとした臭いが鼻をつき、また目をさましました。頭上のトレーラーの底に、ゆらゆらと光が反射しています。体を起こしてみました。干し草のあちこちにてんてんと赤いほのおがともり、和気あいあいとおどっています。ミーシャは面白半分に、手ぢかの火に手をのばしてみました。ところがするどい痛みが走り、あわてて手をひっこめて、体をかたくしました。どうしよう。そのあいだにもほのおの数はどんどん増えていきます。ひとつがフレディの足元に這い、ぎゃっと飛び上がりました。おサルさんはこれが自分のパイプのせいだと気づくと、たちまち青くなって、ほのおもミーシャもほっぽりだして、闇の中へにげてしまいました。

　ミーシャは、このほのおたちのおそろしさを思い知り、それらがどんどん仲間を増やしていくのを、不安げに見守りました。さらには目や鼻にけむりが入ってきて、ごほごほとむせかえりました。

　そしてとつぜん、はじかれたように飛び上がりました。マヌエラひめ！　おひめさまがやけどしちゃう！　あわてて火に息をふきかけましたが、ただまぜかえすだけです。どうにかしないと!?　そうだ、オウム先生！　ミーシャは思いつくと、もう物知りおじいさんのテントへまっしぐらにかけだしました。

　テントの中はまっ暗でしたが、ぶつぶついう声で、すぐに鉄棒の上にいるのがわかりました。急いで先生のラッパの口に向けてさけびました。「火事です！」

　だしぬけに大声がしてオウムはびっくりしたようでしたが、あわてるふうもなくゆっくりと聞きなおしました。「菓子とな？　どこにその菓子があるのかね？　菓子がどうかしたかね」

31

ミーシャは声をふりしぼりました。「火事です！　マヌエラさんのトレーラーの下が燃えています！」

　オウムはまたもやのんきに重々しくうなずきました。「うむ、火事か！　ほれ、そうあわてるな。火事のときに大切なのはな、カッカとせず落ち着くことじゃ。わしが56番目のサーカスにいたとき……」

　ミーシャはじだんだふんで、オウムをさえぎりました。「マヌエラひめが焼けちゃうよ！」

　ところがオウム先生はなおもあせらずに言いました。「うむ、ちび、団長がきっとほめてくれるぞ！　よくぞまっすぐわしのところに来たな。ひとつわしの話を聞くがよい。さっき言ったように、火事のときにはどんと構えることじゃ。スペインにいたときにな、あれは1860年、はて、1680年だったかな、サーカスがまる焼けになったことがあった。テントもトレーラーもいっぺんに灰になってな、動物は死に、人間はやけどを負った。じゃがわがはいはさわがず、ずっと落ち着いていた。さっき言ったとおり、これがかんじんなんじゃ」

　ミーシャはもう聞いておらず、ただ手を組み合わせました。「かんべんしてよ！　もうどうしたら！」

　オウム先生は分別くさい顔で、たしなめました。「あれあれ、ちびさんよ、タラじゃと？　魚のタラのことかね。火事と何の関係があるんじゃ。魚で火は消せんぞ？　まったくちかごろの若いもんときたら、火事だというのに、魚の心配をしちょる。34番目のサーカスのマハラジャ大王を思い出すなあ。あの方も白い聖なるサルがものをくわぬようになったとやらで、使いをよこしてきたもんだ。だからわしは言った。ゾウをよべ……」

　もうがまんできません。ミーシャは最後の「ゾウをよべ！」だけを胸に、てっぽう玉のように飛び出しました。

　よろけそうになりながらテントの外に出て、闇の中をよく転ばないものだと感心するくらい、あたふたとゾウのねぐらに向かいました。とちゅうでマヌエラひめのトレーラーの下のほのおがひとつになっているのが見えたときには、心臓をわしづかみにされたかのような気がしました。

　ゾウのねぐらに着くと、すぐにいちばん大きく、かしこく、力持ちのトミーを探しました。トミーは横になってぐうぐう眠っていました。ホースのように丸めた鼻と半開きの口から、ぶた小屋じゅうのぶたが鳴いているようなすさまじいいびきが聞こえています。

　ミーシャは急いでトミーの肩をゆすりましたが、びくともしません！　みなさんも知っているように、ゾウの皮膚はカバの皮膚のように厚いのです。トミーはマヌエラのトレーラーが燃えているとも知らず、まるでのんきに眠り続けています。

　そこで今度は両手でゾウの耳をひっぱってみました。

するとトミーはうるさそうに鼻ではらって、どすんと寝返りを打ちました。あやうくミーシャは下敷きになるところでしたが、トミーはまだ起きません。

そうだ、鼻の先っぽならやわらかいぞ、そう思い出したミーシャは、トミーの鼻の先についている指のようなでっぱりに、思い切りかみつきました。

ようやくトミーは体をぶるっとふるわせると、だるそうに体を起こし、いらだった声で吠えました。「フレディ、このいたずらものめ、こらしめてやる！」

ミーシャはあわてて言いました。「ぼくだよ、ミーシャだよ、早く早く、助けてちょうだい！」
「どうしたどうした、けっそう変えて。火事でもあるまい！」
「ううん、ほんとに火事なの！早く来て、マヌエラひめのトレーラーが燃えちゃう！」
するとあののっそりとしたゾウの体のどこにこんなすばしっこさがひそんでいたのでしょう、すっくと立ちあ

がると、もはや何も聞かずにトレーラーめがけてかけ出しました。ミーシャも必死であとを追いました。

　トミーとミーシャがマヌエラのトレーラーに着いたときには、もはやひとつになったほのおが壁や屋根にまで伝っていましたが、団員たちはまだ起きてきません。一日働いたあとで、みんな泥のように眠りこんでいるのでしょう。

　トミーはまず肩でトレーラーの戸をおしあけると、ふりかかる火の粉もからみついてくるけむりもものともせず、鼻を中につっこんで、マヌエラを探しました。マヌエラはいきなり体に鼻が巻きついてきて悲鳴をあげましたが、トミーはおかまいなしにマヌエラを外に引っぱり出して、少しはなれた草の上におろしました。それからミーシャをふり返ってさけびました。

「水はどこ？」

　ミーシャはそれっ、と洗濯場の井戸にかけだしました。とちゅうトレーラーのかげで、火の手がまわるのをおびえながら見守っていたフレディを見つけましたが、げんこつをみまうことはしませんでした。

「いそいで、手伝って！」ミーシャが声をかけると、フレディは頭をたれて、すなおに走りよってきました。

「ポンプで水をくみあげてね！」ミーシャはさけび、草の上のバケツを拾ってきて置きました。そしてふたつのバケツに水がいっぱいになると、バケツを持って火のほうに走りました。火のそばではミーシャがもどるまでのあいだ、トミーがパオーンと鼻を鳴らしてみんなに火事を知らせていました。トミーはいっぺんにバケツの水を鼻の中に吸い上げると、火の勢いのいちばん強いところにふきかけ、すぐにふたつめのバケツの水もふきかけました。そこにちょうどフレディがバケツに水をくんでかけつけ、団員たちもトミーの声を聞いて続々と集まってきました。ようやく火の手が弱まり、ついには完全に消えました。

　さあ、サーカスを大火事から救った恩人はどこに行った？　みんなはきょろきょろとミーシャを探しましたが、どこにも姿が見えません。そう、ミーシャはマヌエラのことが心配でたまらず、トミーがマヌエラをおろした草地のそばにあった板の山にかくれ、そっと見守っていたのです。

　マヌエラはもうその日はトレーラーにはもどれませんでした。だって、また火が出たら元も子もないでしょう？　マヌエラには団長のおかみさんが自分のところにおいで、と声をかけました。そこでミーシャも団長のトレーラーの下に寝床を移すことにしました。今さら干し草で寝床は作れず、地べたでがまんするしかありません。それでもミーシャは、おひめさまを救ったいい気分で眠りにつきました。

　まだふらふらしていたフレディは、この夜ふけに団長のトレーラーの下から歌が聞こえてきてびっくりしました。それは消え入りそうな声で、かろうじて聞き取れたのはこれだけでした。「……金色の髪のおひめさま……」

なせばなる

　ちかごろミーシャとバルボラ母さんとバシルおじさんは、どうも様子がおかしいのです。決められた仕事はちゃんとこなしているのですが、仕事がおわると決まって額をよせあって、ひそひそないしょ話をしています。だれにもそのわけを話しません。ただある晩のこと、ミーシャはオウム先生の元だけはたずねていきました。耳が遠い先生に話が通じたのは朝方でしたが、サーカスのみんなはねていたので、だれも気づきませんでした。

　それからある日、おじさんは囲いのそばの二台のトレーラーのあいだに綱を張り、母さんとミーシャがどこかで大きな布を見つけてきて、綱の上にかぶせました。そしてトレーラー、囲い、布で囲んだかくれ家に、ミーシャたちは持ち物を残らず運びこみ、ひまさえあればそこに閉じこもるようになりました。オウム先生だけがそこに出入りをゆるされ、やがてまるでサーカステントのように、そこからもオウムのしゃがれ声が聞こえてくるようになりました。

　「左に飛んで、体をまげる。……。待て。やり直し。そろそろ起きる……そのまま……。右手で左、左手で右をつかんで……一気に。もっと地面をけって。もっとちゃんと。こわがるな。せーの！」

　そんな調子でえんえんと続くのでした。

　ある日午前中のけいこが終わってから、ミーシャは身だしなみを決めて、マヌエラひめのトレーラーに向かいました。そしてトレーラーの階段を上って、マットのところで長々と足のよごれを落とすと、胸をどきんどきんさせながら戸をたたきました。

　ミーシャに気づいたフレディは、一体マヌエラに何の用事だろうと思って、出てくるのを待つことにしました。

やっと出てきたミーシャを見て、フレディはぽかんとしました。ミーシャは山のような荷物を抱えて出てきたのです。大きな青いテーブルかけに三本のビン、ランプにさらにポットとカップを載せたおぼんまで。

　ミーシャは荷物を運んでもう一度もどってくると、今度はいすをふたつ運び出し、布の向こうに持っていきました。そして次に、音楽隊のピエロのところに出かけていきました。「マヌエラひめが、ラッパとアコーディオンを貸してだって」

　ピエロは、はて、何にいるのかな、とけげんに思いましたが、ミーシャの言うことならたしかなので、こころよくわたしました。ミーシャはこれも、マヌエラのところには持っていかず、布の向こうにしまいこんでしまいました。

　そしてまた例の三人組がかくれ家にこもりきりになり、オウム先生のしゃがれ声だけが飛んでくるようになりました。

　フレディだけはがまんができず、何度かのぞきこもうとしましたが、いつもミーシャが目を光らせていて、ほうきで追いはらわれてしまうのでした。

　そしてある日、三人組を代表してバシルおじさんがミーシャといっしょに団長をたずねていき、顔を上気させてもどってきました。

　さて、とうとう町とお別れする日がやってきました。こういうときはいつでもそうですが、この日もまるでお祭りのようなふんいきでした。ピエロはいつもよりもっと面白く、もうじゅうたちはもっとおそろしく、軽業師たちはもっと軽やかで、馬はもっといい子で、マヌエラひめはもっときれいでした。

　宙返り、バランス、ホップしてジャンプ！
　さか立ち、前転、大車輪
　馬跳び、トンボ返り、ピルエット
　ミーシャがはねるよ、ミーシャが飛ぶよ
　綱、鉄棒、わっか、網
　度胸があるならつかまえて！

　ミーシャたちは、ふだんだったらわっかや台、網やマットなどの出し入れを手伝うのですが、今日にかぎって一度も姿を見せませんでした。

ついに予定のプログラムがおわりました。すると、場内にファンファーレが鳴りひびき、八頭の灰色のポニーに引かれた荷車に乗って、さっそうとミーシャたちが現れました。バシルおじさんのうでにタカ狩りのように鳥がとまっています。最初はだれも気づきませんでしたが、それはわれらがオウム先生の晴れ姿でした。
　オウム先生は舞台の前のわっかにとまり、ミーシャたちは荷車からおりて、ぐるりと客席に向かってうやうやしくおじぎをしました。そのあいだに刺しゅう入りの衣装を着た手伝いが荷車から道具をおろし、ポニーと荷車を引き上げさせました。場内にワルツが流れ出し、いよいよショーがはじまりました。
　どういう風のふきまわしか、オウム先生は大声をあげずに、指揮者らしく小枝をふり、観客はじっと舞台のほうを見守りました。出だしはゆったりとすべるようなダンスです。ミーシャはもちろん上手でしたが、内心必死の母さんとおじさんも、そんな様子はおくびにも出さず、軽やかにエレガントにおどりました。
　次に道具が加わりました。ランプ、ビン、ボール、いす、さらにカップとポットの載ったおぼん……。まずはそれぞれバランスを取り、それからおどりながら道具を交換し、はねながら投げ、飛びながら交換し、高く積み、くるくるまわし、放り投げ……ついにはあまりのめまぐるしさにひとつひとつの道具が目にとまらないほどになりました。ダンスも生き生きと、くるくる、ぐるぐる、どんどんはげしさを増していきます。もはやダンスというより、すばらしいアクロバットです。母さんは力を、おじさんはしぶとさとねばっこさを、ミーシャは身軽さを見せつけました。
　しまいには途方もない速さになり、舞台の上は吹雪が舞っているようにしか見えなくなりました。ワルツはとっくにポルカをとおりこしてはげしいギャロップになり、そしてクライマックスのすさまじい音がとどろく中、とつぜん音楽がぷつんととぎれ、小太鼓のリズムだけを残して舞台の吹雪もやみ、観客も思わず動きを止めました。
　場内があぜんとしたのはむりもありませんでした。でもこれでおわりではなかったのです。小太鼓に合わせて

ミーシャが高々と
ファンファーレを鳴ら
すと、おじさんがアコ
ーディオンで行進曲を
かなで、ミーシャが片手でさか立ちした
まま、このプログラムのために作った歌を歌いあげました。

　舞台がおわっても、観客はまだ息をのんだままでした。そのしんとなった場内に、とつぜんオウム先生のしゃがれ声がとどろきわたりました。「あっぱれ、あっぱれ！わしの76個のサーカスでもこんなすごい舞台は見たことがないわい！」

　このことばには大きな意味がありました。オウム先生のほめことばなんて、だれも聞いたことがなかったからです。

　すると観客も嵐のような拍手を送り、ブラボー、ブラボーと柵を乗りこえ、舞台へおしよせてきました。われらが曲芸師たちはもみくちゃにされ、肩車され、もし団長が割って入ってこなかったら、ぺしゃんこにされていたことでしょう。団員たちは言いつけに従ってミーシャたちを客から引きはなし、団長のトレーラーまでつきそっていきました。団長もあとについていきました。

　ほかの団員たちは、ミーシャたちが団長のところからもどってくるのをやきもきしながら待ちました。そして

もどってくると、さっそく質問ぜめにしました。
「いくらもらったの？ いつまでいてくれるの？ 何をもらうんだい？」
だから、「何ももらってないし、何の約束もしなかったよ。ぼくたち、サーカスには入らないもの」とミーシャが答えると、そろって耳をうたがいました。
「団長、気は確かなのかな。こんな目玉をみすみす手放すなんて」
「ううん。団長さんには残れと言われたけど、断ったんだ」
「じゃ、おかしくなったのは、君たちだ。こんな機会はめった

にないし、団長ほど気前のいい人間はこの世にいないよ。それに旅ができる。外国にだって行けるんだよ」
　するとミーシャは答えました。「それがいやなの。ぼくたち、ここが気に入ってるから、ここでいいの」
「こんないなかのどこがいいの」「あのね、よその国になんか別に行かなくていいってことだよ」
「それじゃあ、どうするの。だってここらには大きなサーカスなんてないよ」
「みやこに行くの。とても大きなサーカスがあるんだって。みやこに行ったことのある人間のおじさんが話してるのを、聞いたんだよ。そのおじさん、自動車とか、電車とか、交差点のこととかしゃべってね、こう言ったんだ。まあ、あんなサーカスさわぎは見たことねえって。だからぼくたち、みやこへ行くの」
　こうしてミーシャたちはほんとうにみやこに向けて旅立ったのでした。サーカスの仲間たちが旅立ちを見送ってくれました。曲がり角のところでミーシャはみんなにさよならを言いました。
「サーカスがうまくいきますように。毎日、いちばんうしろの席までお客さんが入りますように！」

　それからもう一度テントとトレーラーのほうをながめると、夕やけ色のトレーラーの小さな窓から白いハンカチがふられているのが見えました。ミーシャはそっと、心の中でつぶやきました。
「さようなら、ぼくのおひめさま、夕やけ雲さん、いつかまたきっと会おうね」そしてさっそうとバシルおじさんとバルボラ母さんのあとを追いかけていきました。

おわり

原っぱ　野っぱら　広い大地を
小道が走る
こっちで歌い　あっちで口笛
ころころこぐま

ステップ　スキップ
村から町へ
こっちで足ぶみ　あっちでホップ
道から道へ

おとなも子どもも
ミーシャが大好き
今度はどこへ　行くのかな
それは次回のお楽しみ